SOPA DE LIBROS

© Del texto: Vicente Muñoz Puelles, 2012
© De las ilustraciones: Noemí Villamuza, 2012
© De esta edición: Grupo Anaya, S. A., 2012
Juan Ignacio Luca de Tena, 15. 28027 Madrid
www.anayainfantilyjuvenil.com
e-mail: anayainfantilyjuvenil@anaya.es

Primera edición, marzo 2012

Diseño: Manuel Estrada

ISBN: 978-84-678-2894-8
Depósito legal: M-4438-2012

Impreso en ANZOS, S. L.
La Zarzuela, 6
Polígono Industrial Cordel de la Carrera
Fuenlabrada (Madrid)
Impreso en España - Printed in Spain

Las normas ortográficas seguidas en este libro son las establecidas por la
Real Academia Española en la nueva *Ortografía de la lengua española*,
publicada en 2010.

Muñoz Puelles, Vicente
La gata que aprendió a escribir / Vicente Muñoz Puelles ;
ilustraciones de Noemí Villamuza. — Madrid : Anaya, 2012
64 p. : il. c. ; 20 cm. — (Sopa de Libros ; 152)
ISBN 978-84-678-2894-8
1. Animales domésticos. 2. Gatos. Villamuza, Noemí, il.
087.5:821.134.2-3

La gata
que aprendió
a escribir

Vicente Muñoz Puelles

La gata que aprendió a escribir

Ilustraciones
de Noemí Villamuza

ANAYA

Para «mi» gata Julieta, que me ayudó a escribir este libro.

Me llamo Vicente y tengo siete años.

Una mañana, papá me enseñó una carta.

—He encontrado esto en mi mesa —me dijo—. ¿Lo has hecho tú?

Vi que la carta estaba escrita con ordenador. La firmaba Julieta, que es el nombre de la más joven de nuestras gatas.

Junto a la firma había una huella de gato.

Esas huellas no se parecen a las de las personas. Son como círculos, con cuatro almohadillas pequeñas y una grande.

—Ya soy mayor, papá —le expliqué—. Hace mucho tiempo que no hago estas cosas.

—¿Seguro que no es una de tus bromas? —me preguntó.

—¡Seguro!

Luego le hizo la misma pregunta a mi hermana Laura, que tiene diez años.

Laura leyó la carta y se echó a reír.

Cuando mi hermana se ríe, es como si no pudiese parar nunca.

—Se nota que la has escrito tú, papá —dijo al fin—. Eso de tener una gata escritora solo se te podía ocurrir a ti.

Fuimos a ver a mamá, que estaba trabajando en el jardín.

—Es la carta más divertida que conozco. ¿Cuándo la escribiste? —le preguntó papá.

Mamá abrió mucho los ojos, extrañada, y miró la carta. No la leyó, pero se notaba que no había sido ella.

—¿Y por qué iba yo a escribirte una carta, si vivimos juntos? —le preguntó a su vez—. Cuando quiero contarte algo, voy y te lo digo. —De pronto sonrió y nos miró a los dos—. ¡Ya entiendo, es otra de vuestras bromas!

Papá fue a su cuarto y se sentó ante el ordenador.

Parecía preocupado, pero la verdad es que papá parece

preocupado muchas veces. Debe de ser porque es escritor.

—¿Puedo ayudarte? —le pregunté.

—Siempre he pensado que Julieta es una gata extraordinaria —me dijo—. Pero ¿dónde se ha visto una gata que sepa escribir y que además firme con la huella de su pata?

Cogí una lupa que papá guardaba en su escritorio y examiné con cuidado la huella de la carta.

Parecía realmente una huella de gato.

¡Era auténtica!

La carta decía:

Querido amo o, mejor dicho, amigo:

Espero no sorprenderte demasiado.

Otras veces he querido escribirte, pero no me atrevía.

Y es que las gatas somos un poco tímidas.

Últimamente tengo la impresión de que nadie me entiende.

A los seres humanos os gusta pensar que lo sabéis todo de nosotros, los gatos domésticos.

Nos acariciáis y hasta nos dejáis dormir en vuestras camas, pero ¿habéis intentado conocernos de verdad?

—¡Qué bien vives, Julieta! —me dices todos los días, al verme acostada en un sofá o en un sillón.

¿Crees que yo no hago nada? ¿Que soy una gata perezosa?

No piensas, claro está, que tú y yo tenemos horarios distintos.

Por la mañana, cuando te levantas, yo estoy descansando, enroscada sobre mí misma, después de una noche de trabajo.

Como te parece que no hago
nada útil, me despiertas, me
tomas en brazos y me zarandeas.

—¡Anda, Julieta, cógelo!

Y me lanzas un ovillo de lana,
con un cabo suelto, para que
lo persiga.

Yo hago como que me interesa,
y le doy caza. Pero a los cuatro
saltos ya me aburro y lo dejo.

—¡Vaya, hoy sí que te has
cansado pronto! —me dices
con cara de burla.

Luego me colocas a tu lado,
sobre la mesa, porque quieres
que te haga compañía mientras
escribes.

A ratos, me pasas una mano
por el lomo.

A mí me gustaría que me dejaras tranquila en el sofá.

De noche, mientras tu familia y tú dormís plácidamente, yo vigilo.

Voy de un lado a otro del jardín, para impedir que las ratas, los ratones de campo y las serpientes entren en la casa.

No los cazo. Me basta enseñarles los dientes para que echen a correr. Pero no puedo descuidarme porque son animales muy rápidos.

También hago guardia junto a la gatera, para que los gatos de los vecinos no entren y nos roben la comida.

No me gustaría nada que
rompiesen o ensuciaran algo,
y que pensarais que he sido yo.

No estoy quejándome. Sé que
me queréis mucho.

Me habéis vacunado. Me dais
de comer y me cepilláis cada día.
Me lleváis al veterinario cuando
lo necesito. Pero no me entendéis
del todo, y eso me preocupa.

Aún veo tu cara de disgusto
cuando el otro día dejé sobre
tu cama un gran saltamontes
que había cazado especialmente
para ti.

Tampoco os gusta que tire los
libros al suelo cuando me escondo
en las estanterías, ni que duerma
la siesta dentro de los armarios.

Y os enfadáis cuando saco
la ropa de los cajones.

¿Qué pasa, que solo puedo
jugar cuando a vosotros os
apetece?

Recuerdo cuando llegué a
vuestra casa.

Alguien me había abandonado en la calle, y la dueña de una tienda de animales me recogió.

En la tienda había muchos loros.

Yo no había visto ningún gato. Creía que todas aquellas criaturas de pico ganchudo, larga cola y vivos colores eran mis hermanas.

Algunos loros volaban por el techo y luego descansaban en sus perchas o en sus jaulas.

Yo quería volar también. Intentaba alcanzarlos, pero solo conseguía saltar y darme un golpe tras otro.

Miraba mis patas negras y me preguntaba cuándo me crecerían aquellas plumas rojas, verdes, azules y amarillas.

Antes que ningún otro lenguaje,
aprendí el de los loros.

—¡Grraa, grraa! —graznaba.

Y ellos me respondían,
agitando las alas:

—¡Grraa, grraa, grraa!

Un día conseguí trepar hasta
una jaula, que estaba colgada
de lo alto.

Quise entrar en ella, pero el
loro que la ocupaba empezó a
alborotar y me mordió en la cola.

La dueña de la tienda se asustó.
Tenía miedo de que los loros
pudieran hacerme daño, o de que
yo pudiese hacérselo a ellos.

Por eso empezó a buscar una
familia para mí.

Os llamó a vosotros porque
teníais otros gatos y pensó
que me recibiríais con gusto.

Cuando os ofreció una gata
que sabía hablar como los loros,
aceptasteis enseguida.

Cada uno de vosotros tenía ya
su gato favorito.

El tuyo era Ramsés, un siamés
de dientes afilados y cola corta,
retorcida como un sacacorchos.
Te gusta porque es grande y
salvaje, pero sabes que nunca
jugaría contigo como yo.

Tu hija cuida sobre todo de
Anubis, una gata rubia muy
esbelta, que solo entra en casa
para comer y duerme en lo alto
de un algarrobo, como un búho.

Tu hijo quiere mucho a Fujita,
una gata parda con parches de
colores, que se pasa la vida en
el tejado.

Y tu mujer, claro, adora a
Platón, un gato de pelo largo
gris plateado, que lleva la cola
erguida, como una bandera,
y se frota contra sus piernas
para que lo cepille.

No negarás que hay una
relación especial entre ellos.
Hasta tú te has sentido alguna
vez celoso de Platón.

Desde el principio me
acomodé a vuestra casa y a
vuestro jardín.

Más me costó acostumbrarme
a vuestros gatos.

Eran los primeros que veía,
y no sabía cómo dirigirme
a ellos.

—¡Grraa, grraa! —les saludé
al llegar, pero se apartaron.

Solo Platón, que es el más
curioso, se me acercó un poco.
No debió de gustarle mi olor
a loro porque arrugó el hocico
y se alejó con la cola muy tiesa.

Aunque eso sucedió hace
mucho tiempo, siguen
tratándome como si no me
conocieran.

Vosotros, en cambio, me
quisisteis enseguida. De
los gatos de la casa, soy el único
que pertenece a los cuatro,
no a uno solo.

En cuanto me viste, quisiste comprobar mis habilidades.

—¡Grraa, grraa! —graznaste, y yo te contesté del mismo modo.

Luego repetí el número con tu mujer y tus hijos. Estabais muy contentos, porque nunca habíais tenido una gata como yo.

—Es una gata de circo —recuerdo que dijiste.

Siempre os ha gustado exhibirme delante de vuestros amigos.

—¿Sabéis que tenemos una gata que grazna como un loro? —les preguntáis—. ¡Julieta! ¿Dónde está Julieta?

Para que sea más emocionante, dejo que me busquéis por toda la casa, y de pronto aparezco.

—¡Aquí está la gata loro!
Anda, Julieta, haz una
demostración. ¡Grraa, grraa!
    Me hago esperar un poco,
antes de contestar:
    —¡Grraa, grraa!

No creas que el número
me molesta. También yo
lo encuentro divertido.

Me encanta tener un amo
que grazna tan bien.

Cuando ya has aprendido
un lenguaje, y yo ya

sabía el de los loros,
te cuesta menos aprender
los demás.

Tus hijos, que desde el
principio se encariñaron
conmigo, me enseñaron todas
las palabras y las entonaciones.
    No suena igual mi propio
nombre, Julieta, cuando van
a darme un plato de leche o
cuando me buscan porque
me echan de menos y quieren
acariciarme o jugar conmigo.

He estado mucho tiempo a tu lado, mirándote, mientras tecleas en el ordenador. Así aprendí a leer y a escribir.

Lo que más me ha costado, con una pata tan ancha como la mía, ha sido apretar una sola tecla cada vez.

En eso, al menos, los humanos nos lleváis ventaja. ¿De dónde habéis sacado unos dedos tan finos?

Espero que esta carta te haya gustado, y que después de leerla me entiendas un poco mejor.

Si quieres contestarme, puedes hacerlo por escrito. O puedes intentar hablar conmigo.

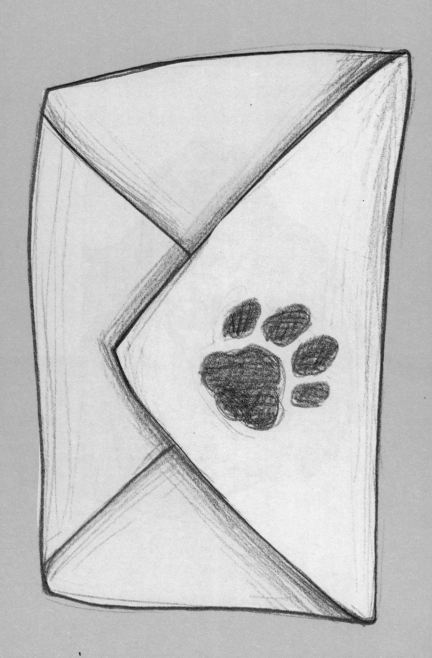

Se despide de ti, con un
lametazo afectuoso, tu gata
y sin embargo amiga, Julieta.

Cuando acabé de leer la carta, me di cuenta de que papá se había ido.

Miré por la ventana y lo vi en el jardín.

También vi a Julieta. Acostada en un banco, tomaba el sol.

De pronto, abrió la boca y bostezó.

Había descubierto a papá.

Se estiró, saltó del banco y fue hacia él.

Los dos se buscaron entre la hierba, que estaba muy crecida.

—¡Grraa, grraa! —saludó él.

La gata no contestó.

Papá repitió el graznido, cada vez más alto:

—¡Grraaa, grraaa! ¡Grraaaa, grraaaa!

Al otro lado de la valla del jardín asomó una fila de caras pálidas.

Eran nuestros vecinos, que miraban a papá con asombro.

Tenían motivo. Ya les parecía
bastante raro que fuese escritor,
y ahora le oían graznar como
un loro.

Desde la valla no podían ver
a Julieta, que estaba agachada
entre las altas hierbas y seguía
callada, sin hacer ningún ruido.

¡Pobre papá! ¿Qué podía
decirles? ¿Que teníamos una
gata muy especial y que
intentaba comunicarse con ella?

Poco después, la cogió en
brazos y entró en casa.

Cuando llegué al salón, la
había acostado en el sofá y
le había puesto unos cojines
al lado, para que estuviera
más cómoda.

Julieta parecía muy contenta. Era como si supiese que todos habíamos leído su carta.

Pienso que nuestra gata nos toma el pelo. Si sabe escribir, seguro que también puede hablar como nosotros. ¿Por qué prefiere, entonces, seguir imitando a los loros?

Escribieron y dibujaron...

Vicente
Muñoz Puelles

—*Vicente Muñoz Puelles regresa a la colección Sopa de Libros, tras* Óscar y el río Amazonas, *con la deliciosa historia de la gata Julieta. Los animales aparecen a menudo en sus libros; en varias ocasiones, como en este caso, son los protagonistas de sus relatos. ¿Por qué ese interés por el mundo animal?*

—De niño, los animales me parecían más admirables que las personas. ¿Quién podía nadar como un pez, volar como un pájaro, saltar como un canguro o, en proporción a su tamaño, como una pulga? ¿Qué ser humano podía compararse a una ballena, un elefante, una jirafa, un tigre o incluso un cangrejo? Luego, de mayor, me sentí más tranquilo cuando supe que, desde el punto de vista zoológico, el ser humano es una especie animal más.

—*¿Julieta, la gata escritora, existe de verdad? ¿Qué nos puede contar de ella?*

—Sí, Julieta existe y ahora mismo acaba de pedirme, con sus graznidos de costumbre, un cuenco de leche. Se crió entre loros, como la gata del cuento. Cada mañana me da los buenos días, pero se olvida de darme las buenas noches. Grazna también cuando ve un pájaro, como si lo saludara. Y cuando no sé qué contar, me inspira libros como este.

—*¿Qué cree que Julieta nos diría si pudiese comunicarse con nosotros realmente?*

—A mí me diría lo mismo que un filósofo griego le dijo a Alejandro el Magno, cuando este le preguntó qué podía hacer por él: «Hazte a un lado y no me quites el sol». Pero si pudiera hablar a los seres humanos en conjunto, en la Asamblea General de la ONU, por ejemplo, les diría que sean más respetuosos con los demás animales y con las plantas. Al fin y al cabo, estamos en el mismo saco. Y que, ya que son incapaces de mejorar el planeta, dejen de destruirlo.

Noemí
Villamuza

—*Noemí Villamuza ilustra de nuevo un texto de Vicente Muñoz Puelles, después de* Óscar y el león de Correos, Laura y el ratón, Ricardo y el el dinosaurio rojo... *En este libro hay gatos, loros, ¿cómo se inspiró para crear a estos animales? ¿Tuvo modelos auténticos?*

—Durante muchos años viví con un gato naranja rayado, se llamaba Pitu, era muy simpático y tenía muchos comportamientos de perro. Puede ser que su espíritu estuviera presente cuando dibujé a Julieta... De todas formas, también he mirado un montón de fotos y he observado gatos de amigos, gatos de la calle... porque quería encontrar gestos especiales.

—*¿Qué ha querido destacar en sus ilustraciones de la personalidad de Julieta?*

—Me gustaría que se notara que es una gata expresiva, cariñosa y cómplice con el lector.

—*¿Tiene algún animal de compañía? ¿Le gustaría que se comunicase con usted? ¿Qué cree que le diría?*

—Actualmente no, pero, además de Pitu, de niña tuve una perra pastor belga que compartía con mis hermanas, y más de una vez imaginamos que hablaba. También tuvimos un hámster y pájaros... Aunque no hablen, tienen sus trucos para comunicarse con nosotros. Y creo que, como nos intenta decir Julieta, debemos escuchar más a nuestras mascotas.

SOPA DE LIBROS

OTROS TÍTULOS PUBLICADOS
A PARTIR DE 6 AÑOS

LA AVENTURA FORMIDABLE
DEL HOMBRECILLO INDOMABLE
Hans Traxler

«Un hombrecillo, un verano, encontró una esponja
a mano...». Así, sin pena ni gloria, comienza la
extraña historia que le sucedió a un buen hombre,
sin gloria, pena, ni nombre.

EL LIBRO DE LOS HECHIZOS
Cecilia Pisos

Hechizo para que leas este libro:
Le das la vuelta y lo abres,
y buscas lugar secreto
para probar sus hechizos.
¿Si funciona? Lo prometo.

MARCELA EN NAVIDAD
Ana García Castellano

Es Navidad, y Marcela disfruta de estos días
especiales. Se disfraza de pastorcilla, le enseña
el belén a sus primos, celebra la Nochebuena en
familia... Pero ¿qué ocurrirá cuando Marcela se
pierda en medio de la ciudad?

ÓSCAR Y EL RÍO AMAZONAS
Vicente Muñoz Puelles

Nadar y leer son dos cosas muy difíciles de aprender.
Da mucho miedo meterse en la piscina cuando no
se hace pie o abrir un libro lleno de palabras
incomprensibles. Óscar necesita ayuda para
divertirse en el agua y para leer un libro de
mayores, pero llegará un día en el que los brazos
y las piernas se moverán al ritmo adecuado
y las frases, por fin, tendrán sentido.

DEBAJO DE LA HIGUERA
NO HAY NINGÚN TESORO
Pablo Albo

Paula, como tantas otras tardes, visita a su abuelo
Vicente. Lo que parecía un encuentro cotidiano
se convertirá en una apasionante aventura
en busca de un tesoro. ¡Y todo porque el abuelo
tiene un secreto que no quiere contar!

LA TORTUGA DE HANS
Pere Martí i Bertrán

Hans es un niño alemán al que le regalan
una tortuga de la Costa Brava. Hans se entusiasma
con la idea de cuidar de un animal tan exótico.
Pero cuando llega el frío, la tortuga busca refugio
bajo tierra para pasar el invierno. Hans, muy
preocupado, cree que la tortuga debería regresar a
su hábitat natural y convencerá a sus
padres para ir de vacaciones a España y dejar
a su mascota en una reserva ecológica.